열아홉 그늘 아래

아직 만나보지 못한 많은 것들

열아홉 그늘 아래 아직 만나보지 못한 많은 것들

초판 1쇄 인쇄	2014년 08월 14일
초판 1쇄 발행	2014년 08월 21일

지은이	차 은 서		
펴낸이	손 형 국		
펴낸곳	(주)북랩		
편집인	선일영	편집	이소현, 이윤채, 김아름, 이탄석
디자인	이현수, 신혜림, 김루리	제작	박기성, 황동현, 구성우
마케팅	김회란, 이희정		
출판등록	2004. 12. 1(제2012-000051호)		
주소	서울시 금천구 가산디지털 1로 168, 우림라이온스밸리 B동 B113, 114호		
홈페이지	www.book.co.kr		
전화번호	(02)2026-5777	팩스	(02)2026-5747

ISBN   979-11-5585-308-5 03810(종이책)   979-11-5585-309-2 05810(전자책)

이 도서의 국립중앙도서관 출판예정도서목록(CIP)은 서지정보유통지원시스템 홈페이지(http://seoji.nl.go.kr)와
국가자료공동목록시스템(http://www.nl.go.kr/kolisnet)에서 이용하실 수 있습니다.
(CIP제어번호 : CIP2014023991)

열아홉 그늘 아래

아 직 만 나 보 지 못 한 많 은 것 들

차 은 서 지음

북랩 book Lab

프롤로그

한 걸음, 한 명, 한 뼘 더 앞서야만 하는 입시공부 속에서, 몇 점 차이로 나의 상표가 달라지는 입시경쟁에서 이 책을 쓰기 시작한 것은 어쩌면 무모한 도전이었을지 모른다. 문제집을 잠시 한쪽에 밀어두고 작업하는 내내 많은 생각이 들었다. 한순간도 완벽하게 같지 않은 나 속에서 살아가는 우리들은 얼마나 다른, 무수히 많은 꽃일까.

아직 스쳐지나간 것보다 만나볼 것이 더 많은 나는 지금 스치듯 흘려보내면 앞으로 걸어갈 먼 길 속에서 다시는 찾을 수 없는, 만나볼 수 없는 열아홉의 생각과 느낌을, 나의 한 조각을 살짝 이 책에 붙잡아두려 한다.

어린 시절이 그래도 다 좋았어, 라고 말하는 어른들의 말이 아직 와 닿지 않는, 현실에 힘든, 만남이 참 많을 스무 살의 문턱에 닿아있는 내가 나의 어린 시절에 멋지게 마침표를 찍을 수 있는 법을 알게 되어 기쁘다. 많은 것을 경험하지 못해 아직 미숙하지만 결코 그 감정의 농도가 옅지만은 않은, 조금 설익은 열매의 기분 좋은 시큼함 같을 열아홉의 한 조각을 예쁘게 담는다. 모두가 가지고 있을 이 시간들을 나도 잘 접어서 간직해 앞으로 만날 세상이 힘들 때마다 꺼내보고 싶은 마음으로 책머리를 편다.

Content

프롤로그 • 04

chapter 1.

통하다 • 15

고양이 • 17

그믐달 • 18

기다림 • 19

말 • 20

공부 • 24

잔 • 26

샤프 • 28

언젠가 보내게 될 편지 • 30

그리움 • 33

때 • 34

풍선 • 35

행복 • 36

우산 꽂이 • 37

스크린 • 38

입김 • 40

달력 • 42

고민 • 43

손톱 • 46

유리병 • 47

영어듣기 문제 • 48

화분 • 49

종이컵 • 51

생채기 • 52

이어폰 • 53

우산 • 54

추억 • 56

나이 • 57

기름방울 • 60

선풍기 • 61

아쉬움 • 62

종이봉투 • 63

시계바늘 • 64

형광등 • 65

소나기 • 67

노을 • 68

줄자 • 69

chapter 2.

분필 • 74

나를 바라보며 • 75

끊어진 활 • 76

꿈이 없는 꿈 • 78

노란 냄새 • 80

마무리 • 81

새벽 • 82

이 역은 타는 곳과
전동차 사이의 거리가
넓습니다 • 84

할 일 • 87

어쩌면, • 88

사진 • 89

마음 • 90

반사각도 • 91

화를 잠재우는 방법 • 92

잠들기 몇 초 전 • 94

창가자리 • 95

항상 사랑하는 방법 • 96

직선처럼 생각하기 • 97

암호로 가득한 너에게 • 98

warning sign • 99

북극성처럼 • 100

덧없음 • 102

입간판 • 104

후회 • 106

나는 여전히 그래 • 108

스쳐지나간, 스쳐지나갈 • 110

열아홉 • 112

홀로, 하루 • 114

특별함 • 115

내가 너를 좋아할 때 • 116

주류가 아닌 삶 • 119

모퉁이 • 121

one more • 123

task • 124

chapter 3.

눈물의 이유 • 130

모래시계 • 131

지난 여름 오는 가을 • 133

조화 • 134

가장 깊은 곳 • 135

적당히 거리를 두라 • 138

추심 • 140

꽃 • 142

거울 • 143

이층 침대 • 146

기억 • 147

thinking • 148

something different • 153

화음 • 154

옥상 텃밭 • 156

noise • 160

비의 경계 • 162

관심사 • 163

미련해 • 164

하늘색 • 166

에필로그 • 169

열아홉의 봄과 여름

그 짧은 순간과

작별인사를 나누며

chapter one

part of observation

'얼마나온것인지얼마나더가야하는지
초침없는시계라도시간은참빨리가
내소중한시간속에서바라본많은것들
나의시선들.'

통하다

눈 깜빡임
고개 끄덕임
그것만으로 돌아설 수 있는
다음에 다시 만나자는 소리 없는 약속.

고양이

먼저 다가가지 못해 미안해
파르르 떨리는 눈망울 자취
그 깜빡임 한번만을 남긴 채
내게서 너무 멀리 가 버릴까 봐.

감은 눈을 동그랗게 떴다가 웃는 게 예뻐

내가 네 웃는 눈을 좋아하잖아

그 눈웃음에 나는 오늘도 밤잠 설친다.

그믐달

기다림

멈춰있는 시간들이

밑거름이 되어

만남의

한 송이

꽃으로

피어나기

말

당신의 말이 당신의 입을 떠난 순간

그것은 이미 당신의 말이 아니다.

내 입을 떠난 나의 말이

고삐가 풀린 채 너에게

잘못 달려들지 않기를 바란다.

나를 떠나간 나의 말이

길을 잃지 않고

내 마음과 같이 너에게 그대로 찾아갔다면,

네가 받아들인 나의 말이

나에게서 떠나기 전의 말과 같다면

말과 말 사이

너와 나 사이

그것을 연결하는 무언가 있음에 틀림없다.

'어두운 하늘

그 먹먹함에 눈앞이 흐려도

항상 그렇게 멋지게 날아.'

공부

같은 제자리 화면 속.
러닝머신 위에서 달리기
멋진 몸매를 갖게 된다는 걸 알아도
등 뒤로 흘려보내는 풍경이 없는
뜀뛰기라서
그렇게 오래 달리기 어렵다며.

'스쳐 지나는

사람과 풍경

멀리 보이던 풍경이

가까워지고

등 뒤로 지나가고

나무 한 그루 매 그루를

한 발에 하나씩 넘기어 보내며

뛰는 그런 달리기라면

우리는 더 멀리 갈 수 있을 텐데.'

잔

너무 많이 담고 있어서
위태로워 보일 때가 많지
내려놓을 수도 들어 올릴 수도 없어
두 손 모아 쥐고 들여다보기만.

너무 많이 담으려 한 잔
그냥 조금 흘려보내고
너에게 가면 좋았을 것을
빈 잔이 될까 무서워 그러지 못했다.

'널 찾아가지 못한 것과 반대로

내가 흘려보낸 그 많은 인연

인연은

골목마다

숨어있다.'

아무리 자신해도

지나치게 힘을 주면

있던 것마저 다 부러져 나가는 법.

샤프

29

chapter 1

언젠가 보내게 될 편지

그대 졸음이 자꾸 밀려오는 나이가 되시어
흔들의자에 앉아 아무 시름도 담지 않은 눈으로
그대가 좋아하시던 창가 햇살을 쓰다듬으며 졸고 계실 때
나는 오늘도 종이와 펜을 들고
그대 발치에 가 무릎을 꿇습니다.

하얀 눈썹 백발이 되어 버리신 나의 아버지
그대 젊었을 때 나의 머리칼 손수 빗겨주시며
곱게 땋아 넘겨 볼에 입 맞추어 주시던
어린 날의 먼 기억
내 안의 그 기억들은 먼지 한 톨 내려앉지 않았지만
그대의 하얀 기억은 너무 멀리 가 버렸나 봅니다.

나는 오늘도 그대 앞에서
그대에게 보내는 편지를 씁니다.
모든 걱정을 잊으신 나의 아버지
사랑하는 나의 아버지
그대 몸 한 겹을 벗고

떠나갈 그 순간이 오면

나는 그대가 쉴 나무그늘 땅 밑에

그대와 함께 보낼 이 편지를 부치겠습니다.

'나비가 앉은 자리'

그리움

문득
그립다, 라고 말하는 너의 표정이
어두운 그늘에 잠겨 있었다면
그것은 그리움이 아닌 미련이다.

함께 하는 이 시간들이
훗날 그리움으로 피어났으면.

때

그때
도와줬어야 했는데
그때
했었어야 했는데
그때
말했어야 했는데

그때그때 찾는 당신이야말로
마음의 때 한 톨 벗겨보지 못한,
누군가 일어나라 손 내밀기 전에는
일어나지 못할,
묵은 때에 몸이 너무 무거워
차마 그 손조차 잡지 못할 사람.

힘껏 들이쉬어 놓고는

마음껏 내뱉지 못하니

그렇게 묶여있을 수밖에 없지.

풍선

우리의 하루 또한 그러리라는 걸.

39

chapter 1

당신이 어떤 모습이던

꿰뚫어 보아줄 사람 곁.

그렇게 모나게 굴고

슬픈 눈을 해도

굳게 닫힌 입술이 하려던 말

이미 다 알고 있을 누군가의 곁.

행복

날 찌른 건 너인데

왜 네가 우니.

우산 꽂이

스크린

눈을 감고 더듬으면

커다란 한낱 천 조각인데

내 눈동자에 비친 하얀 천

그 위의 일렁임으로

우리는 울고 웃고 서로 껴안고.

우리는 울고 웃고

입김

고독을 뱉어 낸다
홀로 있을 때면 더욱 선명하게
눈에 들어오기 마련이지

홀로 뿜어진 긴 안개
가려진 시야에 눈이 매워져
허공을 닦아내려 해도
시야를 덮은 푸른 김은 가실 줄 모르고
네 빈자리마저 삼키려든다.

'햇살에 따닷히 데워진 포근한 온기

그 설레는 색을 가진.'

41
chapter 1

달력

얼마나 많은 시간이
찢겨 나가고 있는지 잊지 않게
내가 스스로 찢어 넘김으로써
남은 두께를 상기시켜 주는 것.

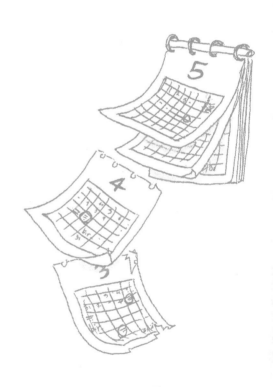

고민

고민한다, 마음이 간지럽다.
등이라면 시원하게 긁어낼 텐데
도무지 손에 닿지 않아서
이것 또한 고민이다.

44
열아홉 그늘 아래

'여기까지 오는 데 수고가 많았겠어.

이마가 땀범벅인데 어딜 바로 가려고 그래

겉모습만 가지고 널 판단하지 않아

암, 그럼 물론이지, 어흥

괜찮아 조금 숨 좀 돌리고 가.'

손톱

빨리 잘라내지 않으면
살을 파고드는 것
오래 쥐고 있으면
마음을 파고드는 것
그렇기 때문에 잘라내야만 하는 많은 것들.

유리병

그 마음이 다 비쳐서 좋아
안에 든 종이학도
당장에라도 날아오를 것 같고
작게 접은 종이쪽지도
꼭꼭 숨는 일 없이 열려있으니.

그 안에 부끄러움은 없다.
너를 사랑하는 내 흔적이 있을 뿐.

47

조금 더 천천히 지나가세요
눈 깜빡일 새 지나가
얼굴조차 보지 못했어요

조금 더 크게 얘기해주세요
잔잔한 목소리에 취해
너무 빨리 단 잠에 들겠어요

이왕이면,
내가 이해할 수 있는 말로
생각을 나누었으면 해요.

영어듣기 문제

화분

그 많은 이파리 중
가장 끌리는 한 뿌리를 가져와
나만의 사람으로 가꾸기.
너는 스쳐지나가는 사람 중 하나일 수도 있었지만
나의 화분에 심어 물을 주니
나만을 위한 너의 빛깔은 더욱 푸르러졌다.
내 화분 속 열매가 될 줄기 하나
더 깊이 뿌리내릴 수 있도록
나 역시 더 큰 화분이 되리.

'참 조심스럽게 가꿔야 하는

수많은 만남, 그리고 헤어짐

화분에 담은 뿌리에 소홀해져

시들게 하지 않도록 해.'

종이컵

한번 가득 채워졌었기 때문에
재사용할 수 없는 것.
다시 무언가 담으려 할 때는
이미 너무 많이 젖어버린 후이다.

생채기

마음 긁힌 자국

혹여 벌겋게 번질까 흉터 날까

꼭꼭 누르고 있지 말자

숨구멍 하나 없이는

아픈 순간에 머물러 있을 수밖에 없다.

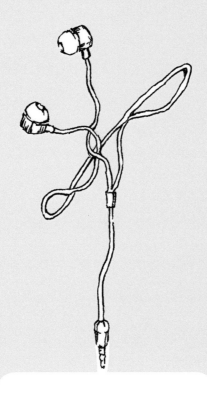

이어폰

소리가 흐르는 전깃줄
그 음악에 감전되다.

일단 축축하게 젖은 머릿결부터 말리자.
이렇게 무거운 머리로는
누구한테 기대 쉬지도 못하겠어.

우산

'보석 같은 순간을 또 하나 뒤로하고.'

눅눅
chapter 1

작고 예쁜 보석인 줄 알았던 것이

물속에 반짝 비친 돌멩이였기도 하고

손끝으로 굴리며 놀던 흔한 유리구슬인 줄 알았던 것이

세상에 다시없을 투명한 보석이기도 하다.

참 그게 비싼 보석처럼 전부인 줄 알았는데,

값진 것 인줄 알았는데.

그때는 그게 투박한 구슬인 줄 알았는데,

언제든 책상 서랍에서 꺼내어 볼 수 있을 줄 알았는데.

추억

나이

해보지 않은 많은 일 중에서
아직 해보고 싶은 일이 참 많고
재밌겠다! 라고 외칠 기회가 많다는 것
나이에 맞춰 산다는 것, 글쎄,
얼마나 더 많은 것을 알고
얼마나 깊은 것을 생각할까
나이어림.
아직 해보고 싶은 일이 참 많다는
그 소중한 사실 하나를 간직한 나이.

녀9
chapter 1

나를 무겁게 하는 좋지 않은 생각

무거운 생각들은 아래로 가라앉아야 할 텐데

왜 그 많은 맑은 기억들 위에서 둥둥 떠다니는 걸까

수면 위로 자꾸 떠오르는 생각을 걷어낼 수는 없을까.

기름방울

생각이 너무 많아,

하루 종일 돌아간다

덜컹덜컹 신음을 내면서

그 많은 생각에 뜨거워진 몸

저러다 터져 버리는 건 아닌지

조금 걱정도 된다.

선풍기

아쉬움

깨닫는 순간
이미 지나가
마음속 깊이 새겨져
기억을 갉아 먹는 것.

열아홉 그늘 아래

종이봉투

구겨져 버리기 쉬운

멋없는

약한

그래서 구멍 나버리는

잘 접어서 언제나 함께 하는

솔직한

약한

그래서 두 손으로 함께 들어야 하는.

타고난 걸음이 느려도 괜찮아

인생 도는 건 딱 한 바퀴인데

아무리 느려도 그 한 바퀴 중 한번쯤은

느린 사람 빠른 사람 모두 만나게 돼 있다니까.

시계바늘

호흡이 가빠진다.

깜빡깜빡 당장이라도 숨이 멎을 것처럼

사실 진작 눈치채고 숨이 꺼지기 전에 돌봐줬어야 했어

몸속에 검은 파리들을 가득 쌓아두고

아프지 않을 리가 없지.

형광등

소나기

잿빛 표정으로
아무 말도 못하고 있다가
어느 순간 숨이 막힐 듯
시퍼런 것들을 토해내고
꾸역꾸역 밀어내고
한 숨 내쉬자마자
슬픈 표정 한번만
잔상처럼 남겨놓고
해 뒤로 숨어버리는,
괜찮은 척 맑게 개어버리는
그것도 참 병이다.

노을

떠나는 게 아쉬워

홀로 되는 게 두려워

두 팔 뻗어 잡으려 할 때

손 틈새로 길게 스미어

곧 돌아오겠다 손가락 거는

마지막까지 남기어 떠나는

긴 여운.

너무 당기지 마라
적당한 간격이 필요한
우리 사이.
나도 한계가 있어
그렇게 장난으로
당겼다가, 놓았다가
그러다가 크게 베인다.

줄자

chapter two

part of thinking

아무래도 너랑 난 올해가 마지막이겠구나

온몸을 비벼 바스러지며 긴 꼬리 흔적을 남기고

녹색 초원을 가로지르는 그 경쾌한 발걸음이 좋았어.

분필

사람은 평생 감정을 배우며 사는 것 같다.
어린 나이의 감정은 미숙하고
차오른 나이의 감정은 깊고 다듬어졌다고
어떻게 자신할 수 있겠어.
어느 나이에 서서 바라보던
과거의 나는 미숙했으니
지금 또한 그러리란 걸.

나를 바라보며

끊어진 활

늦은 봄임에도 아직도 바람이 찬 저녁, 그날따라 참 고약한 바람에 머리카락을 시달리며 대학로 즈음을 걷고 있는데 대학생 두 명이 뛰어와서 종이봉투를 내밀었다, 거의 바닥을 보이는 봉투 안에는 생활비 마련을 위한 거라는 작은 브라우니 몇 개가 남아있었다, 나는 고등학생인데 가난한 대학생을 위한 한 푼 천원어치의 브라우니를 사는구나- 라고 생각하면서 지갑을 열었다. 와 천사다, 천사다 하며 저들끼리 주고받는 얘기에 웃음이 나왔다. 작은 브라우니 몇 개를 더듬거리며 하나를 꺼내어 들자 포장지에 작은 종이쪽지가 붙어있는 것이 보였다.

'활을 너무 세게 당기면 활이 끊어집니다.'

바람에 마구 춤추는 머리카락을 연거푸 진정시키며 문구에 대한 설명을 들어보지 않겠냐는 조심스러운 제안에 나는 고개를 끄덕였다. '은서씨는 본인에 대한 욕심이 참 많은 것 같아요. 어떤 면에서인지는 모르겠지만, 남들이 은서야 이 정도면 됐어, 충분해, 하는데도 은서씨는 그게 아닌 거죠.'

욕심이 많단 말이 머릿속 돌부리처럼 채였다. 혹 나이가 어떻게 되냐는 질문에 스물하나라는 대답이 툭 튀어나왔다. 열아홉 내가 바라는 나이였을까, 예기치 못한 만남으로 순간적으로 무장해제된 기분에 내가 바라는 나의 모습으로 보이고 싶었을까.

내가 아는 나는 내가 좋아하는 일만큼은 참 지겹도록 붙잡고 늘어지던 나였는데. 언제부터 내가 좋아하는 일들은 내 주위에서 멀어지고 욕심나지 않는 일들만 주변에 가득 남아 느슨한 주먹을 쥐고 이러지도 저러지도 못하고 서 있었을까. 팽팽하게 당겨졌어야 할 내 활은 계절을 잘못 만난 걸까.

78
열아홉 그늘 아래

하루가 기울어지는 내내
교실 안에는 항상 고개 꺾인 꽃들이 있다.
산들바람에 오는 졸음에 뿌리가 뭉텅 뽑혀
쓰러진 꽃줄기들에게 하는 말이었을-
지금 꿈을 꾸지 않으면 꿈을 이룬다는 내용의
급훈이 학창시절 중 있었다.
정말이었다,
꿈을 꾸지 못한 채 꿈을 이루라는 소리가 아우성칠수록
그 언제인가 하얀 액자에 걸린 그 글귀가 떠오른다.

꿈이 없는 꿈

노란 냄새

식탁 위로 비치는 햇빛에 말라가는 오렌지 껍질이 배를 발랑 까고 널브러져 있다. 오렌지를 먹은 날이면 껍질을 접어 작은 분무기처럼 과즙을 칙 뿌리고 그 냄새를 맡곤 했다. 노란 냄새를 참 좋아한다. 혀끝에 침이 맴도는 달콤하고 알큼한 냄새. 가라앉은 마음을 건져 올려, 햇볕에 누워 따닷히 말려진 오렌지 껍질처럼, 엉킨 내 생각을 한 조각씩 떼어내어 널어놓아 보송히 말리는 것 같은 그 좋은 냄새.

마무리

마무리가 좋아야 한다.

커피는 뒷맛이 좋아야 하고

한 끼 식사 후엔 근사한 후식이 있어야 하고

영화는 결말이 가슴에 머물러야 하고

헤어짐에는 그에 걸맞은 인사가 있어야 한다.

새벽

밤을 샐 뻔 했던 날들이 손가락으로 못 셀 만큼 많아지고 있다. 곧 있으면 몸을 부추겨 일어나야 할 생각에 깨어나기 싫어서 자지 않으려 아등바등. 하지만 내일 하루는 어차피 오니까, 잠깐 눈을 감고 오늘을 끝내고 밤을 샐 뻔 했던 것이 되는 거지.

사실 오늘 하루를 끝내는 게 싫어서 항상 잠들기가 힘들어. 오늘보다 나은 내일을 준비하고 싶은데 내가 보낸 오늘에 후회나 아쉬움이 있을수록 잠들기 전까진 내일이 아닌 거야! 하며 이미 끝난 오늘에 뭘 더 계속 집어넣으려고 한다. 왜 난 내일로 양보하는 법을 모를까? 훌륭한 오늘이었다면 미련 없이 보내주었을까.

'훌륭한 오늘이었다면

미련 없이 보내주었을까'

이 역은 타는 곳과 전동차 사이의 거리가 넓습니다

한창 무르익은 오후 시간에도 집에 꽁기하게 있노라면 말로 못할 무력감이 덜컥 찾아온다. 책상의 모양에 맞게 내 몸을 접어서 어서 빨리 엉덩이를 데워야 하는데 이미 발갛게 데워진 생각에 내 엉덩이는 오늘 좀처럼 뜨거워 질 줄을 모른다.

갈 길 없는 몸을 이끈 다리가 유리 자동문 앞에 선다. 코를 한번 실룩였다. 유리에 비친 불투명한 내 모습이 유별나게 짧퉁해 보인다. 갈 곳 없이 무작정 일으킨 몸뚱이를 지탱하는 다리가 느리게 좌우로 흔들린다.

유리문 건너편 역사 빈 공간 위에 비친 흐릿한 모습이 유령처럼 보인다. 균형을 잡으려고 흔들리는 몸은 반짝 유리에 빛이 반사되어 더욱 흐릿해졌다, 선명해졌다 한다.

이 역은 타는 곳과 전동차 사이의 거리가 넓습니다. 지하
철이 무섭게 들어오자 유령은 획 하고 사라져버린다.

-Please watch your step

발이 틈새로 빠질 리가 없는데도 괜히 다리에 힘이 실린
다. 전철 안에서 제대로 흔들리기도 전에 스스로 흔들리
던 역사 안. 날 다른 곳으로 데려다 줄 열차와 나 사이의
거리는 그리 넓게 벌어져 있지 않았을지도 몰라.

'몸에 맞게 줄인 교복에 대한
열다섯 나의 생각이 바뀐 것처럼
열아홉 나의 생각에 혀를 찰
스물셋 나의 생각이 있단 것을 잊지 말자.
완벽한 '내 생각'이라는 것은 없다는 것.'

할 일

해야 할 일과 할 일.

그 두 사이에는 미묘한 한 뼘의 공간이 있다.

할 일은 많은데, 할 일이 많은데,

할 일은 아주 많지

평생 다 못할 정도로

할 일을 위해 해야 할 일이 많기에

이렇게 머리가 아픈 거다.

평생 다 못할 그 할 일

좋은 책, 좋은 음악, 좋은 곳

그런데 평생가도 다 못할 할 일,

할 일을 위한 해야 할 일이다

이거 나름 비교적 적지 않을까?

이런 식으로 자기위안 한 줌.

어쩌면,

　나는 썩 표정연기가 뛰어난 편이다. 카메라 앞에서는 새초롬해지는 어린 나이의 여자아이들이 모여 손으로 입을 가리고 눈만 동동 띄어놓고 사진을 때도 나는 그냥 활짝 웃고 사진 찍는 것을 좋아했다. 사진에 대한 특별한 재주가 있는 것은 아니었지만, 내가 사진에 담기는 것을 좋아한 만큼 주변을 찍는 것을 좋아했다. 맛있는 무언가를 먹을 때나, 나를 반짝 건드리는 새로운 것을 볼 때나, 지금 함께 있는 사람의 웃는 얼굴 등을 습관적으로 한 장의 정지화면으로 만들어 꼭 안아 가지고 있으려 했다. 그리고 우울함이 나를 온통 가둬버릴 때면 앨범의 첫 장으로 거슬러 올라가서 그곳에서부터 모든 기억을 내 안으로 흘러보냈다. 사진 속 많은 표정의 웃는 나의 모습과 내가 머물렀던 그 곳과 내게 닿아있는, 닿아있었던 사람을, 그 많은 박제된 기억을 계속 곱씹었다.
어쩌면 그 기억들로부터 걸어 나오기 싫어서
어쩌면 그 순간들을 다시 불러오고 싶어서.

사진

어제의 나를 지갑 속에 넣고 다니자
빛바랜 기억의 흔적일수록
고이 접어 가슴 속 깊이 새기자

지금 홀로 선 나를 이루었던
내 존재 자체인 그 기억들이
닳고 닳아 바스라지기 전에
지갑 속 어제의 나에게 자꾸 말을 걸자

설령 바랜 사진 속 내 옆의 누군가가
지금은 닿을 수 없는 무엇이라 할지라도
웃는 그 얼굴이 다 닳아 보이지 않게 되어
내 가슴에 스며들 때까지
자꾸만 꺼내어 되뇌어보자.

마음

빠르게 변하는 세상 속에서
변화를 추구하는 흐름 속에서
이것만큼은 더디게 가자.
가끔은 거슬러 가는 것도 좋고.
오래도록 기다려온 그 진득함으로.

남이 보는 내가 전체가 되지 않게 하자

쏟아져 들어오는 시선에서

내가 어떤 빛을 반사할지는 내 몫이지만

너에게 비친 나를 비뚠 각도와 색종이로 가려

네 맘대로 해석해 버리는 너는

나를 잘 몰라도 단단히 모르는구나.

반사각도

화를 잠재우는 방법

심장이 평소보다 한 뼘쯤 위에 있는 기분이다. 빠르게 뛰는 심장은 금세 힘을 쏟아 붓고 원래 자리로 내려올 것이라는 것을 잘 아는데, 심장과 가까워진 머리는 두근대는 그 열기에 덩달아 후끈 데워져 침착하게 생각을 할 수가 없다. 한 뼘 위로 올라간 심장, 목구멍이 콱 데여 같이 달아올라. 아무 생각 없이 나오는 델 듯이 뜨거운 말들. 심장을 먼저 끌어내리자. 목구멍에서 헐떡대는 심장을 원래 자리에 뉘인 다음에, 그 다음에 너를 마주할 수 있기를.

고요함으로 너를 마주할 수 있기를

'만나러 가는 길'

생각이 멀어진다

흑백 필름영화 같은

장면들이 빠르게 교체되어

나를 허공에 띄워 훑고 가는 시간.

잠들기 몇 초 전

창가 자리

교실 안
한 방향만 바라보고 앉아있어
몸의 절반만 뜨끈하게 데워진.
같은 곳만 바라보고 앉아
반대편의 생각을 꺼내보지 못하는.

항상 사랑하는 방법

고마움을 되새김질하기
다른 먼지덩어리가 끼어들 새 없이.
너는 항상 나에게
잊혀 지지 않을
고마움으로 남아

왜난너에게그렇게둥글지못할까
내가모나게굴어도너는
날미워하지않을것이란걸알아서일까.

직선처럼 생각하기

어렵게 생각하지 않기로 했어.

하얀 도화지를 다 까맣게 칠하면서

이쪽 끝에서 저쪽 끝으로 간다는 게

말이 안 되잖아.

97

암호로 가득한 너에게

'의미를 부여하는 일이 무슨 의미가 있겠어?'

어느 날 글을 쓰다 든 생각이다.

그리고 이 생각은 점점 단단해져 좀체 바뀌지 않는다.

지금의 나를 내보이기 위해 쓰는 글을

왜 그렇게 수수께끼 같은 암호들로 돌돌 말아놓고

남이 나에게 무심코 던진 말에, 띠운 표정에

뭐 그렇게 수만 개 의미를 덧붙이고

너를 사랑한다 말하는 말을

덤불로 가려놓아 미로처럼 찾아가기 힘들게 만드는 걸까.

의미를 부여하는 일은 중요하다.

하지만 겉 포장지에 너무 많은 의미를 만들지 말자.

나를 위한 글은 철저하게 내 느낌을 그대로 내려 적어.

뭘 위해서 벽을 쌓아놓고 벽화를 그리기 바쁜지.

글 자체로 통할 수 있는데도,

남의 표정에 절대로 슬퍼하지 않기로 해.

웃고 말지.

그리고 이렇게 말하도록 하자.

사랑해. 네가 필요해.

warning sign

-오랫동안 큰 소리로 음악을 들으면 청각이 손상될 수 있습니다.

음악을 듣다 소리에 흠뻑 젖어 작고 미세한 울림도 자세히 들으려고 볼륨을 조금씩 높이다 보면 어느 순간 화면에 저런 경고 알림이 뜬다. 그제야 소리에서 빠져나와 문득 눈을 들면 주변 소리가 아무것도 들리지 않고 귀가 먹먹할 정도로 큰 소리로 음악을 듣고 있었다는 사실을 깨닫는다. 다른 소리는 듣지 못한 채 너무 빠져들었었구나-

이렇게 아차, 눈을 감고 무언가에 너무 빠져버린 나를 깨워줄 경고 알림이 앞으로의 내 하루들에도 있었으면 좋겠다.

북극성처럼

설익은 하늘 위 노을이 낮은 곳에서부터 쌓이기 시작
했고, 별이 떠올랐다. 밤하늘에 가려져 저 멀리 문득
보이는 별들을 보는 것을 참 좋아한다. 내가 별을 올려
다 볼 때, 그런 나를 마치 별처럼 바라봐주는 사람과
밤하늘 별 아래를 같이 걷기를.

'너는 별을 보고'

'나는 너를 보고.'

덧없음

덧없음.

이라 매듭지은 순간, 참 무엇도 하기 싫어진다.

느지막이 일어난 일요일 오후가 싫었고,

별 하는 것도 없이 바라보기만 하는 화창한 날씨도,

손은 멈춰있고 멍하니 앉아있는 카페 창가 자리에서

이대로 또 오늘 하루를 보내야하는 것은 아닐까 하는

초조함과 불안함에

너무 일찍 들어간 집에서 찾아오는 무력감도 싫었다.

그렇게 오늘 하루를 '덧없음'이라 결론짓고

한숨만 푹푹, 불만만 터트리는 내 모습도

이렇게 질릴 수가 없는 거다.

덧없는 녀석, 덧없는 생각.

계속 마음이 덧나가는데

아무래도 덧나가는 생각을 붙잡아 두기 쉽지 않다.

옆에서 누군가 단단히 잡아주면 좋으런만.

그 전에 다른 하루를 보낼 나를 내가 만들어야지

덧없음, 더는 없었으면.

-덧없음, 더는 없었으면.

말을 잘 가다듬어야겠다.
내 입에서 나오는 말 한마디들이
내 안으로 그대들을 들어오게 하는
입간판이 되니까.

입간판

'오늘 안 좋은 우울은 꿈속에 다 두고 오고
내일에의 걱정으로 마음을 찔러
잠재적인 좋은 날을
우울한 하루로 이끌지 말자.
충분히
내일은 좋은날일 것을.'

후회

후회할 걸 알면서 왜 그랬어,
다른 일은 하나도 손에 잡히지 않을 정도로
후회할 거면서.
머리로는 항상 아는데
아는 척만 했던 걸까
아직 자라지 못한 내 마음의 공백을
후회할 걸 아는 머리가 차마 다 메우지 못해서
그 틈새로 바람이 불어오는 걸까.

바람이 불고 간 자리

'사랑받을수록

사랑에 무뎌지지 않도록.'

'소중함을 잊지 않으려 하지만

어느 순간 그 소중함에 소홀하지 않도록.'

107

나는 여전히 그래

어떤 날은 연필의 사각사각한 느낌이 좋고
어떤 날은 볼펜 심 끝으로 미끄러지는 느낌이 좋아.
어느 날은 시끄럽고 왁자한 음악이 끌리고
어느 날은 조용하게 속삭이는 음악이 편하다.
어제는 이제 다 끝인 것 마냥 옛날이 그립고
오늘은 거울 속 내 모습도 너무 예쁠 만큼 지금이 좋다.

순간이 달라, 나는 너무 많은 나를 살고 있다.
모두 그렇듯, 너무 많은 순간들 사이를 왔다갔다
한 곳 정착하지 못하고 돌아다니느라
방향감각이 무뎌진다.
그래서 사람들은 쉽게 '힘들다' 말하나 보다.

그렇지만 나는 여전히
자판을 두드리는 것 보다
손끝으로 쓰고 그리는 것이 더 좋고
남들 눈에 보이느라 항상 말하고 웃는 것보다
혼자 음악 들으며 앉아있는 시간이 필요하고

벼랑 끝에 서 있던, 예쁜 모습으로 웃던,

다시 혼자처럼 서던,

뭐 어쨌거나 나름 대견하게 여기까지 있어왔다.

스쳐지나간, 스쳐지나갈.

바람이 이마를 가린 머릿결을 흩날리고는
땀 식기도 전에 멎었다.
그것이 나를 식혀주리라
어쩌면 바라서는 안 됐었던 거지
바람은 그냥 지나가기 위해 거기 있었다.

잘 보자
누가 땀에 젖어 지친 내 머릿결 스쳐가는
돌풍 같은 사람인지를.
화악 불어오는 바람에 기뻐 한 숨 내려놓자마자
이미 불어 지나가고 없을 돌풍인지를.
땀방울에 눈앞이 젖어
내 몸짓 사이로 부는 산들바람 아닌
불어오는 돌풍에 뿌리 뽑히지 않도록

'너는 파도처럼 나에게'

' 항상 잔잔히 밀려오는 사람으로 남아.'

주변에 어떤 풍경이 나를 스치고 가는지도 모르게

오래도록 달려야 할 마라톤 경주에서

그 길고 긴 길 위에서

출발선에 서 있는 지금은

아직은 나란히 서서 맞대는 살갗 그 떨리는 온기에

우연한 스침인 듯 같은 길을 나아갈

그대들과의 만남 자체로 설레야 할 순간.

열아홉

'이제 막 출발한

길 저 끝에는

멋진 노을이

가득하길 바라.'

홀로, 하루

시계 바늘은 느리게 돌아가는 것 같은데 해는 참 빨리 고개를 떨구어 날은 지고 서늘한 기운이 돌았다. 오랫동안 허리를 둥글게 말아 거북이처럼 목을 쑥 빼고 책을 들여다보고 있었다는 것이 떠올라 몸을 곧게 펴고 상체를 의자 등받이에 바싹 붙여보았다. 우드득 우둔한 소리가 났다.

운동장 반대편 윤곽이 보이지 않는 아파트 창에서 나오는 빛이 하늘에 덜렁 박혀있는 것처럼 보인다. 아마 밖에서 보면 나도 그렇게 보이겠지. 윤곽도 없이 불빛만 덜렁, 검은 하늘에 박혀있는 불빛 점 하나, 여러 개.

특별함

소중하게 생각하는 것이 뭐냐는 질문에
남들과 공통분모가 많지 않은 대답을 하는 것.
너는 어쩐지 남들 같지가 않아,
라는 말을 듣는 것이 나는 참 행복하다.
내게 소중한 것들이 나한테만 소중했으면 하는 욕심만큼
내 소중함도 남들 같지 않은 특별한 소중함으로
몇몇 사람들에 가슴속에 더욱 특별함으로 피어나기를.
네가 내게 특별함인 것처럼.
'특별하다고 믿었어, 넌 내게 특별함이었어.'
머릿속에 맴도는 이 노래가사처럼.

그림을 좋아하는 사람은

그림을 그리는 것 아닌 바라보는 것만으로 행복하고

운동을 좋아하는 사람은

직접 경기를 뛰는 것뿐 아닌

가만히 앉아 그것을 지켜보는 것만으로 즐겁지.

내가 너를 좋아할 때

'나는 여기 가만 앉아

네가 한 입 가득 행복하게 먹는 모습,

입을 씰룩이며 무언가에 집중한 모습,

표정 하나하나,

그 눈짓 하나 바라보는 것

그것만으로도 웃는다.'

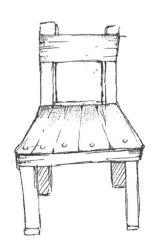

117

'내가 너에 대해 이것저것 물어보지 않는다고
서운해하지 마.

내가 네 옆에 서있다는 걸로
만족해줬으면 좋겠어.

우연한 끌림으로 머무르기 시작한 네 옆
아주 오래 서 있고 싶어.

침묵을 피하기 위해 이것저것 쏘아대는 질문 말고
너를 천천히 자연스레 알아가게끔,
허둥지둥 지우는 물음표의 개수는 중요하지 않아
천천히 우리사이의 느낌표를 만들어가기로.'

주류가 아닌 삶

커다란 파도를 타기보다 잔물결을 일으키는 것
그게 좋았다기보다는 그냥 그래왔던 것 같다.
반짝 빛나는 모습의 아이돌 가수를 우르르 좋아할 때
나는 나보다 이삼십 년쯤 더 산
반짝 빛나는 소리가 왠지 더 좋았고
직사각형 타이핑을 하는 새로 나온 노트북보다는 왠지
길게 뻗어 쓰는 만년필이 더 갖고 싶었다.
커다란 물결 파도 위에서 떨어진 서퍼.
지금 아주 거대한 파도가 밀려오고 있다고 해서
내가 꼭 서핑을 잘해야 할 필요는 없지 싶다.
멋지게 파도를 타는 사람과
물살에 못 이겨 암초에 상처 입은 사람들을
물가에 발 담그고 바라보는 것 그게 뭐가 어때,
내가 물가에서 참방대던 이 물결이
지구 반대편에서는 커다란 파도로 일어나기를 꿈꾸며.

모퉁이

잠깐 시선 돌린 새
네 발자국이 지나가 버릴까봐
나는 저기 모퉁이 너머만 바라봐.
왁자하게 사람이 쏟아져 나오는 골목에서
익숙한 그 그림자 혹여 놓칠까 봐 불안해
스치는 걸음들이 가슴을 빠르게 두드린다.

-몰래 너를 기다리며

One More

가만 생각해 봤는데,

아침에 늦지 않게 일어나

기분 좋게 샤워를 하고

젖은 머리 그대로 반쯤 언 딸기를 꺼내먹고

내가 할 수 있는 가장 예쁜 모습을 하고

예쁜 신발을 신고 따듯한 바람가로 나와

하늘을 보며 이곳저곳 걷다가

그 순간 끌리는 커피와 입을 맞추며

머리를 멈춰버리게 하는 책을 보고

흥얼대며 길을 걷다

괜히 길고양이에게 밥은 먹었니, 말을 건네고

쏟아지는 별을 보며 집으로 돌아간다며

그게 가장 행복한 하루일까,

나에게는 더할 나위 없이 이상적이지만

그 날 나를 채운 것은

그저 나 스스로 나를 껴안는

내가 나에게 하는 위로에 지나지 않을 것 같아.

-I need one more

Task

시를 공부하다 보면
되려, 시를 쓰는 것이
시들해져 버리고

완벽한 규칙을 배우고 나면
막상, 게임을 하는 것이
지루해져 버려.

정말 대단한 과업이 어디에 있니,
나한테 충실한 그런 삶은
여기 상자 같은 세상에는
맞지 않겠지.
왜일까,
적어도 모든 사람들은
숨 쉬는 방법쯤은 아무런 가르침 없이
혼자 얻었다는 것을
그들 스스로도 알고 있을 텐데.

12화

chapter 2

chapter three

part of memory

눈물의 이유

눈물은 괴로움이다
이 마음 다 채워도
남아도는 쓰라림이
있기 때문에
괴로움이 넘쳐흐른다.

눈물은 행복이다.
이 작은 가슴으로는 다 안을 수 없는
그런 감정이 있기 때문에
행복이 넘쳐흐른다.

눈에서 눈물이란 마음이 넘쳐흐른다.

모래시계

좁은 관을 통과하며
떨어지는 모래들

한 알 한 알의 모래가
통과하는 짧은 시간
시간은, 그런 모래들을
가만히 기다려준다

나도 가만 모래시계를 보고 있으면
모래 한 알의 시간을 깨닫게 된다.
모래 한 알의 시간을 깨닫게 된다.

지난 여름 오는 가을

여름엔,
서로 더 잘 보이려고
가지 사이사이마다 가슴을 부풀려
곤두선 잎사귀투성이였지만

이제는,
오는 손님 앞에
고개를 숙이고
부끄러워 스러지는 가을의 별빛

초록빛 자신을 내어주고
부끄러워 빨개지는 작은 별

조용히 물러나서는
땅을 향해 추락하는 겸허한 별빛.

조화

빛나지 못하는 별
향기와 마음을
품고 싶어도
어쩔 수 없잖아

겉모습으로만
나타내는 게 아쉬워,
진짜가 되고 싶어도
할 수 없는 걸

이런 내 모습이
너무 애가 타
가슴으로 울어보지만

어쩔 수 없잖아
빛나지 못하는 별
영원한 별.

2007 12살

가장 깊은 곳

바다 속 가장 깊은 곳에는
누구도 알지 못한
생명이 숨 쉬고 있고

땅 속 가장 깊은 곳에는
누구도 생각 못한
생물이 눈뜨고 있다

내 마음 가장 깊은 곳에는
나 또한 발견 못한
나만의 세계가 펼쳐지고 있으리.

그 끝,
'지난 하루

들여다보다,
'기억의 창을

적당히 거리를 두라

당기지 말고 거리를 두라
그래서 나의 아이가 자유롭게 뛰놀게 하라
서로 인연의 끈을 붙들어라
하지만 그 끈을 너무 조여서 구속하지 말라
자유롭게 풀어주어 세상을 배워나가게 하되
너무 멀어져 가면 끈을 당겨서 조금만 가까이 두라
아이에게 너무 많은 것을 바라며 재촉하지 말라.
채찍질하여 너무 높은 산을 오르게 하지 말라
꽃과 나비가 그윽한 언덕에서 뛰놀게 하라
그러면서 아니는 혼자 힘으로 성장을 배워가듯이
서로 믿고 사랑하라
하지만 사랑으로 인해 아이를 얽매이게 하지 말라
오직 서로를 이해하는 햇살과 같은 따스한 믿음만이
마주보고 웃음 짓게 만들 수 있다
언제나도 항상 함께하라
그러나 곁에만 두려고 욕심내지 말라

가끔씩은 당기고 가끔씩은 풀어주는 줄다리기가

내 아이를 더욱 자유롭고 행복한 영혼으로

탄생시킬 것이다.

사랑을 나누어라, 하지만

적당히 거리를 두라.

추 심

그가 찾아왔다
낙엽이 바스라지며
소리 없이 아스라이 희미해져 갈 무렵
어김없이 내 마음을 슬며시 뒤흔들어 버리는

높은 가을하늘만큼이나
깊고 푸르게 서려져 가는 그 마음을
추스르지 못할 무렵
어김없이 내 마음에 푸른 입김 불어넣는

무엇을 향한 그리움일까
답을 찾지 못한 채
가을하늘을 닮아 깊고 푸르게
낙엽을 닮아 아스라져 가는
공허한 그 마음을

그를 길동무로 삼은 채

이 가을밤을 지새우게 된다.

꽃

그대, 내가 꽃이라면

지금처럼 사랑할 수 있겠나요

일순간 한없는 아름다움을 빛내며

환하게 미소 짓는 꽃이라지만

겨우내 비어버린 가지 속에 찬바람이 드나들고

인적 없이 외로이 자취를 감추고

홀연히 침묵 속에 잠들어 있는 꽃이라 해도

그대, 나를 사랑해 줄 수 있겠나요.

거울

그가 웃으면, 나도 웃는다.
그가 눈물을 흘리면, 나도 눈물을 흘린다.
우리들은 서로 거울 같은 존재다
지금 그의 앞에 거울이 있다면
나는 거울 속 그의 모습이 되고 싶다.

내가 사랑하는 그 사람이 나를 마주한 채 울고 있다면
나는 그 사람의 거울 속 모습이 되어 같이 울어주고 싶고
내가 그 사람을 마주한 채 울고 있다면
그가 나의 거울이 되어주길 바란다.

우리가 서로의 거울 속에 비춰진다는 것은
서로의 마음속에 나를 자아낼 수 있다는 것
우리들은 서로 거울 같은 존재로서
서로의 마음속에 존재할 수 있겠지.

이층 침대

여덟 살 때 이층침대를 갖게 되었다. 아래층은 책으로 가득 차 있고 조그만 계단을 올라가면 하얀 나무로 만든 갑판과 선체, 둥근 방석으로 만든 키, 인형 선원들이 쉬고 있는 하얀 배에 오를 수 있었다. 이 작은 선원들을 리본에 매달아 배의 난간 밖으로 던져 사방의 많은 물건들의 눈을 피해 염탐을 보내기도 하고 난간 너머 리본을 붙잡고 바다에 빠진 인형을 영차 구출해내려 힘든 시늉을 하며 줄을 당기기도 하였다. 하얀 배는 캄캄한 밤이 오면 숲 속 텐트가 되었다. 방구석 웅크린 어둠이 무서워 방문을 빼꼼 열어 모닥불을 피운 뒤 이불을 돌돌 말아 만든 침낭 속에서 잠을 자곤 했다. 홀로 뱅글뱅글 놀고 있던 어느 날, 앉아있던 의자가 뒤로 넘어가 이층 침대 모서리에 머리를 세게 부딪친 날이 있었다. 입에서 비명이 튀어나올 새도 없이 숨이 탁 막히고 눈물이 쏘옥 났다. 한참을 혼자 머리 상처를 감싸 매고 뒹굴었다. 작은 상처지만 머리가 살짝 벌어져 급히 병원을 찾은 날. 다음 날 나는 깡충깡충 튀어 내 하얀 배에 올라탔다. 머리의 상처 같은 것 잘 알지도 못한 채.

기억

풍선 하나로 신이 났던.
주사 바늘을 꽂고 누워있는 어두운 병실 안에서
엄마가 가져다 준 빨간 풍선에 들떠
마구 흔들며 놀았던.
붉은 피가 링거를 타고 올라가는 줄도 모르고
두둥실 떠 있는 빨간 풍선에 내 마음도 두둥실 떠올랐던.

날 두둥실 떠오르게 하던 기억

Thinking

좀 더 대담해져야겠다. 다짐 뿐이었지만 자주 생각했었어. 어렸을 때 나는 아주 작은 심장을 가진 애였어. 콩닥콩닥 뛰는 가슴을 감추질 못했지.

내가 훨씬 조막만 했을 시절, 한때 난 우주에 큰 관심을 가졌었어. 10살 때였을 거야. 수련회를 가서 처음으로 천문관에 갔는데, 옹기종기 모여앉아 본 그 끝내주는 하늘과 사진들, 거대함에 나는 처음으로 숨이 턱 차오르는 경탄을 느꼈어. 그 나이 나에게 그 별들은 놀라움이었고 두근거림이었지. 그 느낌 이후로 난 한동안 천문학자가 되겠다고 꿈꿨었어.

그러던 어느 날 선생님이 모두에게 질문을 던졌어. 블랙홀과 화이트홀 이론에 관한 질문이었을 거야. 신기하게도 때마침 나는 흰 종이에 선생님의 질문과 관련된 그것에 대한 긴 글을 신나게 써 내려가고 있었어. 선생님이 눈치를 챘는지 나를 지목하면서 뭔지 아냐고 묻더라. 하지만 나는 선생님이 내가 아는 것에 대한 질문을 던진 그 순간부터 이미 콩닥거리기 시작한 가슴을 꼭 부여잡느라 내가 종이에 우연히 써 놓은 그 정답을 멋지게 말할 기회조차 잃었어. 나는 결국 말을 얼버무리고 자리에 앉아 선생님이 말해주는 답과 꼭 맞는 내 글씨들을 보며 뛰는 가슴을 진정시키느라 바빴지.

시간이 지나 다음 해가 되어도, 나는 여전히 작은 가슴을 가지고 있었어. 빠르게 지나간 그 해의 여름방학에, 나는 학교에 낼 숙제꺼리로 소설을 두세 편 썼어. 이 정도면 나름 괜찮은 방학숙제다, 하고 혼자 만족스러워 했지.

사실 어린 시절의 나의 꿈은—잠시 천문학자를 꿈꾸기 전과 후 모두—주욱 글을 쓰는 거였어. 지금 생각해보면 그때 내가 쓴 무언가들은 다시는 따라할 수 없는 무언의 아름다움을 가지고 있었을 거야. 그런 내가 쓴 이야기들을 본 선생님은 무척 마음에 들었는지 나를 불러 내가 만든 이야기를 모두한테 들려주라고 하셨어. 나는 순간 문득 겁이 났어. 선생님이 자리를 마련해주고 모두가 보는 교탁 앞에 내 이야기를 들고 서서, 나는 아마 두근거리는 가슴을 쥐고 새하얗게 질린 기분이었을 거야.

20분쯤이 안 되는 시간이 기억에도 잘 안 날 정도로 순식간에 지나갔어. 나는 혹여 듣는 사람들이 지루해할 것 같은 걱정에 평소보다 빠른 속도로 글을 읽어 내려갔어. 마지막 말을 끝내고 서 있던 그 때, 갑자기 사방에서 박수소리와 다시 보여 달라는 외침이 터져 나왔어. 나는 머리가 핑 돌 정도로 두근거리는 가슴에 정신이 없었고, 앉아서 그것을 진정시키는 데에는 오랜 시간이 걸렸어.

그리고 나는 그 이야기가 담긴 공책을 숨겼어. 다른 어떤 친구들도, 부모님도 그것을 본 적이 없고 나조차도 꼭꼭 숨겨놓았다가 결국 어디 있는지 사라져서 볼 수 없게 되었지.

그때의 나는 지금의 나에게서 볼 수 없는 모습을 많이 가지고 있어. 나는 그 때 작은 가슴에 어쩔 줄 몰라 하는 그런 내 모습이 싫었어. 꽤 오래 걸렸지만 난 나를 바꾸려고 애를 썼고 이제는 그렇게 작은 심장과 목소리를 가지고 있지 않아. 마냥 착한 아이로 움츠려있지 않는다고.

그런데, 그 시절 그렇게 두근거리던 심장처럼 가슴 부풀려 좋아하던 그것들과 꿈은 어디로 갔을까. 그 좋아하던 많은 것들과 쉽게 달아올라 나를 마구 두드려대던 그 가슴과, 그런 나는 어디에 두고 온 걸까?

'그많은좋아하는것들과두근거림.

아무것도모르고빠져들던것들.'

열아홉 그늘 아래

Something different

집에 돌아오니 방이 조금 달라져 있었다.
말끔히 정리되고 예쁘게 꾸며진 모습.
익숙함 속에서 약간의 새로움에 대한
기분 좋은 머릿속 울림,
가까운 사람의 조금 다른 면을 찾아낼 때도
이런 기분이겠지.
처음 만나는 사람을 바라볼 때보다
더 설레는 새로움.

화음

처음 피아노를 배울 때
똑같은 음을 반복하는 것이지만
그냥 건반을 두드리는 자체로 신이 났었다.

서로 다른 장단조의 음을 내는 사람들
지금 나와 만남을 맺은 그대들에게 나는,
다른 음색을 내지 못한다고 지겨워할 것이 아니라
그대가 가진 그 선율을 연주하는 것 자체로
즐거워할 수 있도록 하자.
같은 멜로디의 곡도 어떻게 연주하느냐에 따라
아주 달라지기 마련이니까.

기타를 독학하겠다고 무턱대고 기타 줄을 잡을 때
손가락 끝이 알싸하게 아려오는 줄도 모르고
그냥 마구 빠져들었지

사실 널 처음 만났을 때도 그러지 않았을까 해,
물렁물렁한 내 마음이 이리 채이고 저리 채이고
결국 이렇게 딱딱하게 굳은살이 생겨버렸잖아
하지만 봐봐,
손끝이 아파오는 줄도 모르고
같은 음을 반복하는 것만으로 즐거워하던 내가
너와 이렇게 멋진 화음을 내고 있잖아.

너를 연주하는 즐거움
그 울림이 불협화음이 되지 않기 위해
아픈 줄 모르는 연주 중에
짧은 쉼표들을 여러 개 찍어두기로 하자.

옥상 텃밭

높은 건물에서 좀 더 낮은 건물들을 내려다보면 작은 지붕들 사이사이 옥상에서 조그마한 텃밭을 꾸려놓은 집들이 아주 드물게 보인다. 옥상 위 텃밭, 초등학교 때 잠시 들어 살던 이층집에도 그런 작은 정원이 있었다.

나이가 지긋 드신 주인집 일층할머니가 가꾸시던 작은 시골, 이층 우리 집에 있는 옥상통로를 올라가야 갈 수 있는 초록 페인트칠한 옥상에는 토마토, 딸기, 상추, 고추, 애호박, 단호박 등이 가득했다. 자식들과 떨어져 사시는 노부부는 어린 나와 동생을 정말 그분 가족 챙기듯 대해주셨다. 작고 약해보이셨던 할머니와 산처럼 든든하게 크셨던 할아버지. 담쟁이로 가득 덮인 작은 마당통로에서 와자하게 뛰어놀아도 그냥 마냥 예쁘다 하시고 옥상 정원에서 열린 많은 사랑을 듬뿍 나누어 주셨다. 작은 집들이 빼곡 들어서 있는 골목 주택가에서 그곳은 마치 도시에 우연히 흘러들어온 시골 한 조각인 것 같았다.

일 년 남짓 짧은 시간이 지나 가까운 할머니 댁으로 이사를 가야 했다. 세 들어 온 사람 떠나가는 것뿐인데 잘 살아라, 꼭 다시 들러라 ,너무나 아쉬워하시던 그분들. 그 이별인사를 꼭 붙들어서 새겼어야 했다.

일 년이나 지나서 설날 즈음에 딱 한 번 다시 찾아간 조각 시골집. 왜 그때 그 집에 찾아갈 때 너무 늦게 찾아간다는 알 수 없는 꺼림에 그분들이 반겨주실지를 두려워했을까. 이듬해 그 다음해에도 문득 그 주름진 고마운 얼굴이 떠오를 때마다 다시 찾아가고 싶다 생각했지만 그때마다 두려웠다. 너무 늦지 않았을까, 너무 늦게 찾아간다는 것 아닐까, 기억은 하실까. 뭐가 두려웠고 뭐가 늦었다고 생각했을까.

다시 찾아가기에는 너무 많은 해를 보내온 지금, 그런 사람들과 많은 관계를 맺으며 살기 쉽지 않다는 것을 알아온 지금, 지금은 아직도 기억 속에 뚜렷한 그 얼굴들이 떠오를 때 마다 미안함에 목이 맵고 눈물이 난다.

어쩌면 항상 알고 있었던 거다. 그곳 생각이 떠오를 때마다의 내 발걸음은 이미 그곳을 향하고 있었어야 한다는 것을, 결코 늦지 않았을 때라는 것을. 그게 너무 미안했던 거다. 찾아갔어야 하는데 가지 않았다는 것이. 이사 가고 난 후 딱 한 번 찾아간 그곳에서 웃으며 앉아있었지만 뭐가 그렇게 불편했을까, 따라주시는 물 한 잔 빵 한 조각 삼키기가 왜 힘들었을까. 설 세뱃돈이라고 빳빳한 지폐 몇 장 든 하얀 봉투까지 받아와버린 그날, 그 부끄러운 미안함에 계속 피해버리기만 한 오래 전 기억, 어쩌면 지금까지도 이어지고 있는 내 모습.

사실 지금도 하나 나아진 것 없다. 비교할 수 없을 많은 것을 받은, 골목 하나를 사이에 두고 있을 뿐인 할머니 댁에 왜 그리 몸을 이끌어 가기 힘든지, 어린 나는 내가 붙잡았어야 할 인연들을 얼마나 많이 놓쳐버렸던 건지. 앞으로 다시 만들 수 있을까 싶은 그 소중한 인연들을 절대, 내 손에서 흘려보내지 않기로.

159
chapter 3

noise

엄마는 자주 시계바늘 소리에 잠을 설치곤 하셨다.
틱틱 초침이 움직이는 규칙적인 소음
한번 귀에 잡히면 잠들기 전까지
좀체 가시지 않는 성가신 소리를
굳이 나에게 나누어 전해줘
같이 나란히 밤잠 설치던 일이 많았다.

사실 지금까지 날 힘들게 한 소리들은
그렇게 작은 소리들이 아니라 큰 소리들이었다.
시계 초침소리는 오히려 자장가 같기도 했으니.
교실 안 먼지가 진동하는 것처럼 느껴지도록
시끄럽고 와자하게 공간을 메우는 소음들
그것들은 학창시절 나의 큰 스트레스 요소 중 하나였다.
시계 초침소리가 들릴 리 없던 시간. 그 시간을 활주하며
공룡들이 날아다니며 내는 괴성 같다고도
자주 생각했었다.

해가 저물어

공룡들이 사라지고 남은 교실 안에서는

그 소음은 소용돌이처럼 사라지고

에어컨 진동소리, 창틀에 휘날리는 커튼 스치는 소리,

정말 가끔은 시계 초침소리도 간혹 들리곤 했다.

가만히 앉아 생각하다보면 그랬다.

소리에 민감하던 엄마처럼.

근데 그런 작은 소리들은 왜

소용돌이 속에서는 들리지 않을까.

나를 괴롭히는 그 많은 소리들을 한쪽으로 치워두고

여과기처럼 소리를 한 가닥씩 한 마디씩

거친 소리를 전부 걸러내어 들을 수는 없을까.

참, 소리로 가득한 세상.

이 많은 소리의 세상에서

어떤 목소리에 귀를 기울여야 할까

버려야 할 소리와

내 안으로 들여보내

속살 쓰다듬게 할 소리를 잘 골라내야겠다.

비의 경계

구름마저 저 아래 아득히 보이는 높은 하늘 위

어릴 적 비행기에 올라 찾은 먼 여행지

비가 조록조록 내리는 초록에 둘러싸인 탁 트인 길을

자동차 창문에 한쪽 뺨을 대고 내다보고 있었다.

갑자기 반짝,

한순간에 내리던 비는 온데간데없고 해가 화악 비쳤다.

나는 얼른 몸을 돌려 자동차 뒤 창문을 바라봤다.

내가 달려온 낯선 여행지의 길

돌아본 그 뒤안길에는

비가 조록조록 내리고 있는 것이 보였다.

비의 경계를 지났다.

난생 처음 만나본 비의 경계가 놀랄 만큼 신기했었던,

밝은 빛 아래서 돌아본 비의 경계

힘주어 빠르게 달리면

앞으로 찾아올 많은 비의 경계를 지나

이렇게 덤덤하게 돌아볼 수 있겠구나.

관심사

오래된 것들에는 특별한 애착이 간다.
나보다 오랜 세월을 살아온 노래에게
마음이 감전되어 이끌리곤 했다.

열여덟 부모님과 함께 찾은 곳
LP 레코드판이 빙그르르 돌아가며
음악이 흘러나오는 곳
뇌혈관을 울리는 깊은 진동이
그 어떤 가벼운 소리보다 잊을 수 없었던.

내가 좋아하는 것들을
너희들이 좋아하는 것들과
잣대를 같이하지 말기로 해
'내가' 좋아하는 많은 것들
그 멋진 조각들을 맞춰나가는 일.

미련해

넌 참 미련해
어릴 때 간혹 이 소리를 듣곤 했던 것 같다.
이마에 열이 올라 얼굴이 발갛게 되어도
조그만 키 머리부터 발끝까지 이불을 덮어쓰고
그 속에서 혼자 끙끙 대고 있으면
엄마가 하시던 미련하단 소리.

나보다 나를 더 꼼꼼히 돌봐줄
나를 사랑하는 사람들이 있다는 것을
몰래 눈치채서 그랬을까.
지금은 예전같이 바보처럼 아프지는 않아,
체하면 끙끙 앓다가 약도 챙겨먹고
푹 쉬면 나아지곤 했으니.

하지만 그래도 나는 그대로구나
하루하루를 꾸역꾸역 삼키다가
이러면 체할 것이라는 걸 알면서도
급하게 제대로 씹지도 않고 오늘 하루를 삼키고

미련하게 체해 버리고서는

혼자 이불 속에 숨어서 끙끙 앓는다.

매 시간을 꼭꼭 씹어서

부드럽게 삼켜야

체하는 일 없을 텐데.

하늘색

버스를 타고 가다보면 목적지에 도달했는데도
내리고 싶지 않은 순간들이 있다.
자동차 타이어에 스치랴 발자국에 밟히랴
모든 곳이 쉴 틈이 없는 아스팔트 위에 내려
나도 이리 휩쓸리고 저리 휩쓸리고 걸을 생각에,
다시 아무 버스나 집어타고
아무 생각도 없이 차창에 기대앉아 있고픈 마음.

어느 주말에 학교에 할 일이 있어서
간만에 늦잠을 뿌리치고 나와 교복을 입지 않은 채로
설익은 햇살 아래서 걸은 적이 있었다.
아직 더 자고픈 마음이 굴뚝같은 채로
짜장면 집에서 아침 끼니를 해결하고 나오는데
그때 무심히 올려다본 하늘에 반해버렸다.
어쩜 그리 예쁜지
교복을 입고 등교할 때 매일 나를 배웅하던 그것들도
항상 이렇게 예뻤을지.
목적지는 이미 아무렴 어때 새파랗게 잊어버리고

홀쩍 버스를 탔다.

아니 사실은 하늘색을 탔다. 하늘색에 물들었다.

계절을 타다

가을을 타다

날씨를 타다

그 많은 탈것들 중

나는 하늘색을 많이 타곤 했다.

푸른 하늘색일수록

붉은 하늘색일수록

그 색들이 소용돌이치는 하늘색일수록

손으로 만져질 것만 같이 선명한 색깔과

우연히 마주친 날이면

내 마음은 하늘색을 타고

아주 높게

어딘가로.

작별인사

열아홉 개의 나이를 경험했다. 그 모든 순간들에서 나는 내가 이제 조금 어른이 되었고, 이전까지의 나는 어렸다고, 지금의 나는 조금 깊어졌다고 생각했다. 모든 나이에 서서 그랬다. 열아홉은 특별한 나이다. 어설프고 철없고 그 나름의 풋내기 철학으로 가득한 어린 나의 순간의 생각들을 아직 기억하면서도 스무 살의 문턱에 닿아있는 어딘가 참 어중간한 나이. 어른도 아닌, 아이도 아닌.

그러고 나니 스무 살의 나이를 경험한다는 것은 어른이 된다는 것이 아니라는 사실이 다가왔다. 나는 나 스스로에게 있어 성숙했던 모든 나이의 나를 존중하지만, 지금 나는 성숙 이전 한 번 어리숙하고 덜 익은 나이이고 싶다. 지나가면 다시는 지닐 수 없을 지금 나의 시선으로 세상을 보고 내 마음을 보고 그 조각들을 모아 글을 썼다. 이 책 한 권이 나를 포함해 언젠가 돌아보니 어른이 되어있을, 돌아보면 한없이 어렸을 순간들을 사는 사람들에게 보내는 편지가 되는 마음으로 마지막 장을 마친다.

'백 개의 나이를 산다면

나는 몇 개의 나이를 경험하고 나서야

어른이 되어있을까.'

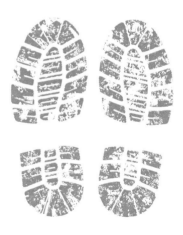